星喰う小鳥は赤い爪先

花虹

Gakken

星喰う小鳥は赤い爪先

花虹《Hananiji》

「詩彩」とは。

詩を原型として、生まれる。

散乱する光りと闇。

集約する塊。

美と契りながら、自由、暴れ、破り、飛び立つもの。

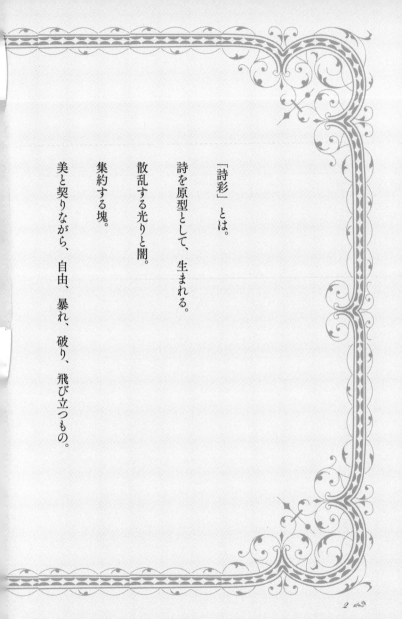

万華鏡を覗きこむように。
次元や場所、超えさせながらうつる世界。
詩と詩彩は、対であり、双であり、あらゆる相関性を保つ。
心映し、光陰翳し見、すくいながら現われる詩世界。

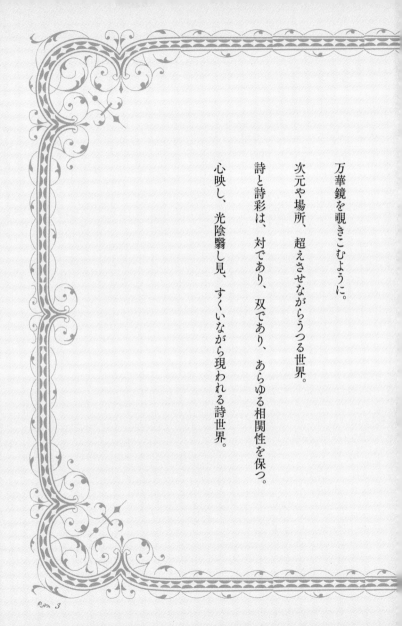

星か花火か。

星か
花火か、
色んなかたち。

花びら
葉脈
秘密の順列を
繰り返す

探すのでは無く
探される為に

秘密は知るものを選ぶ
その先にまた宿る場所、覗いながら

虹の中、そこは私のまどろみ。

虹の中、そこは私のまどろみ。
心そっと置ける、優しき褥。
体は私を預かってくれている、生命たるものの集合。
私たちは一つであり、宇宙。
それぞれに意志を持ち、無にもなる。
その時が来たら。
光りも影も、要らない。

回転木馬

薄情なる回転木馬
華美たる飾りに縁取られながら
終わり無き饗宴
そこには戦慄が住まう
ひと時の機構から孤立しながら
そこに朧浸り
幾つもの次元と絡み合いながら生きるものに果たして
失いし還りみち

安らかなる帳は訪れるのか

散りばめられたフレーズ
それは芯から剥がれた花びら
世界へ刺さらんとする
悲鳴を包んで

散る

彩なる凄惨も薄暗き長閑と交わり混沌と

精緻なる絵を描き
ふりかけられた血のヴェール
投げやりなる優美でみつめる
時には彼の姿で
そして彼女の姿で
神を伴いながら
時に坐る

わるいやつら

私達の関係は愛されながら殺された詩人の呟き
蠱惑の虫の戯れのようなもの

元の居場所思い出せない

迷子のような不安感
微かにも不気味な運命感
そして快楽的なる衝撃感

人生につきまとう影のようで、　彩のような
頼るもの知らずの異邦人
特殊な磁場でこの地にねばる

私達は手を重ねることもなく、　指を絡ませては解いて遊ぶ
愛するように殺し合う

そうしながら命奮い起こす
その術を知っている

繊細なる神も私達の中にはいる
「みんなひとりぼっちに死ぬ。」
究極の純心は黒い鷹の羽で守ってあげないと、と思う

いつか壊れるふたりがこわいと言うなら、ひとりとひとり、になろうかと

麗か笑って別れという傷口に興奮する私は
「わたしたち」を解放し
ひとりの形で「わるいやつら」を生むの

わるいやつらは中途半端が嫌い
「嘘を付いたことが無い。」

親が子供につくような、無様な嘘
集合する偽善
導く陶酔

ソレらに挑む正直な唇は
残酷でいて華麗
過激なまでに美を尊ぶ我らが魂

怒りで燃え上がっているからね

正直は的得る程に突き刺さる、「素敵」
清涼な毒といってもいいでしょう
その唇にこそ含ませたいのは
純度高き嘘
それは美しく英理に光るのではないかしら

嘘は宝石
研ぎ澄ませて

嘘はお菓子
特別過ぎる

物語の終わりには
最高のデザートが出るといいわね
どんな色の嘘も
光る飴で包んでしまえば、何でも綺麗にみえるでしょ

中身なんて本当は皆気にしていない
美味しいって思いたい願望が舌を既に狂わせてるの

優雅で野蛮

ヒトは
本気の情熱に呑まれると
獣の美しさ取り戻す
そこには生命の荒々しさ
驚くべき可能性がある
知性を凌駕した直感と
檻を自在に出入りする賢さ身につけて
恋を踊る

まるで無垢な
そして獰猛な
優雅で野蛮な獣のように

闇に、招かれる。

夜が来たら

夜が来たら
哀しみ

暗闇で閉じて包んで
黒曜石のような輝きをみて
夜が来たら

恐怖

その明日という存在のイメージ
淡くぼかして逃がして
卵の白身みたいに
淡泊でもつるりとした緊張は守って

夜は熟す刻
醸す香りは淡墨に
花にも毒にも
霞がかる優しさに

静かな熱狂に横たわる不穏
それは微かな希望による、配色か

夜にうずくまり
鈍き光り滲ませるのは
笑み無き魚のお腹みたいな
ぬるりとした生命感

「闇の世界は密やかなる饗宴だ。」

無防備に開き出す心は
きまま月影に
重力引き連れて

指先
柔らかき肌に沈め
眼差し
眼差しを咥えて

血肉脈にも、天与の麗ら味わっている

胡蝶蘭

しっとりと滑らかな雪白の花
潤いに満ちたまま落下するも
それは過ちでも無く

頬に寄せれば
美しき波調に
心満ちる幸せ

「私達は共鳴する、魂なのだから。」

そっと壊れぬように、優しく、胸にしまいましょう
一瞬で永遠が去るような焦りと

時に縛られずにいる風雅を感じながら

暗闇にいて光露わに零す花
眠りは夜醒める
その本性も

柔き肌との白重ね
それは貴重にも
凜とした孤絶に涙を許し

乳房にも花纏わせれば

それは清らかな淫ら

真の優雅の、理語る

一つの純心

闇を闇で覆い
闇を食む
闇を果肉にした

不安も恐怖も失えずにも
その足音を小さくしていく
だけれども怒りだけは
やけに春明に居た
それは知性を輝かせ

生命を笑わせる
一つの純心
その姿だった

乾いたくちびる

乾いたくちびるは
脆く
感じやすい
好きなもので
満たして
いかないと
牙を
柔らかく

包めなくなる

宇宙がみている

この世界の終

桃を剥くように
その色をみてみたい

最も純粋な
あどけなき心がそう言っている

その時は間違いなく涼しい顔で
もちろん正気で

この心の名も
事柄の背負う名も
真っ白と燃え上がった時に忘れたけれど

そう、

思い出せない程に
始まりの私に戻り
私は還る

私達を見捨てた
この世界
その成分
見下ろしながら

私は奪われていく

望み通りに

魂から

静謐な時間
この丘には誰もいない
愛しきものも
この胸に溶け合ってしまったから

迷いも吹かぬこの丘は

実に見晴らしが良いのだ

終わりしもの
そこに生まれし、もの
残酷なほど純粋に向かって
完成していく景色に

コチラをみている宇宙が穏やかに映る

無と完全に

おかえりと

錆びた記憶に
銀の声

硝子の花

砕けた硝子の花
その美しいこと
砕けては
さらに精彩に
光
叫び声のように激しく
世界に刺さりながらも
幽玄に寄る
その心

研ぎ澄まされた刃の鏡
虚空舞う純雪のように輝きながら

自らの意志で限界を壊し
再生を選ばず
新生する

その花に宿るは
無情に激しき命の光

あたしという炎

あたしという炎をのぞき込んでいるあなた
もうとっくに
あなたは燃えている

燃え始めているの

頬の赤みは着火を示し
昏き瞳はぎらりと揺れ
その名を明かせぬ感情は
豪奢に彩られた孤独を睨んだ

そしてあなたの激情は私に挑む

白い蛇と蛇が睨み合うように対峙しながら
暗愚には共闘し高慢を巻き込んで燃えていく
純潔を見直すように
暗黒も味方に

恐らく

私の方が、少しだけ支配欲に欠けていて
微笑めるだけのゆとりを持っている
それは自由というものだから
あなたはきっと困っているでしょう

完璧なあなたの狂奔は哀れで美しい

可憐な花の面差しをして泣いているのなら
私はきっとその全てに負けるでしょう

あなたのもはや
いたいけな炎に私は今
飛び込もうとして
また遠くへと逃げかけている

「美しいものは好きだよ。」
「でも抱く前に壊したくなるの。」

それなのにあなたは
その逃げ道にふらりと
そんな時にこそ優雅に現れる

あなたはその深い呼吸の中に私を取り戻すのだ

何処までみているのか分からない瞳で

本質まで無自覚に、悟るように
深刻なまでに傷付きやすいあなたこそ
私の昏き泉みつけて
安らぎの絶望も、宙に預けて

世界を不覚にも瑞々しくさせてしまうのだ

杏仁のように甘く淡く
過ぎたるは毒として

今という未来の残り香

その重さも忘れる
明き月夜
運命は出会いという奇跡に幾重も刻まれ

その美貌も哀憐
燦爛と
暴かれる

水面

水面に癒やされる。
……みなも。
恋水面。
向こう岸という世界に憧れる。
でもいつも。　おそらく私は引っ張ってもいる。
その彼岸という世界を。
私という岸に。

この人に恋をしたら、終わる。

その予感の恍惚は、恐怖すら含んだ悦び。

救えなかった、哀しみ。

包んで庇った、苦しみ。

それらの安らかなる、終わりの始まり。

愛に満ちていながら。
孤独の星の美しさで戦慄させる。
一気に宇宙と繋がっている、本当の自分を覗かせてくれた。
蒼紫の瞳。

清らかな危うさと、本能的な純真。
私の守りたいものの声は。
神様に奪われてしまうのでは、と思う程に。
美しい。

乾いた絶望

初めから狂っていた
その表情には
嵐があり
涙があり
涙の跡があり
無表情に
理解されることを拒否した
孤独な清潔感があった

優しさは無防備にも零れ
私はその「純粋」を受け取ってしまった

幸も不幸も
考えられない

始まりも終わりも
選べない

乾いた絶望には
微笑みが似合い

静かなる不穏には
不思議なる包容力があった

絶望には希望という要素が
みえないままに潜伏しているから
望みという意欲の眩しさに
逃げたくなる者には
乾いた絶望という黒衣が心地よい

あらゆる命を足し尽くした色に
身を潜めて

息をして
息を感じる

光よりも優しいこの闇に抱かれて
真なる始まりを感じる

冬の空

オリオン座がとびきり綺麗。
決まった定位置に幾何学的美しさを感じる。
そのカタチを汲み取った人の気持ちを考える。
どう見るか、で意味が出来上がるナニカ、であり。
一つの星座も或いは別の星座の一部かもしれないのだ。
そして。
遠い国で同じ点と線を選び、絵をみているかもしれないのだ。
正式はあっても正解は一つでは無い。

それでも。

多くの人は戦わず、夢見に浸る。

自然に、曖昧に。

それでいて自分の星の物語を読んでいて。

星座は、探されながら、消えていく。

忘れられながら、心に響いている。

もしかしたら。

星の方から私達をみて、詠んでいるかもしれない。

隣の星と繋げたり、離したり。
星座を編んで。

ほんとは不思議じゃない、不思議。
星に見、託す。
夢みるものの物語。

夏を眺める。

夏を感じる事と。
夏を眺めるという事は、
違う。
私が眺めて来た夏は、
蜃気楼みたく。
夏からみたら、
私が蜃気楼みたく。
そしてそれは。

夏と呼ばれるものの。
もう一つの顔は何なのかと問われたら。
言葉に出来ない。
蜜の部屋。
零れて来たから、受け入れたもの。

「私はあの時、愛する存在の為に強くなるしかなかった。」

「強くなることしか、出来なかった。」

「自分の弱さを切り捨てながら、それを痛感する日々だった。」

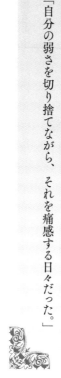

世界

二人の世界
周りがどんなに騒々しくても
どんなに愚鈍たるたぐいの邪があったとしても
二人には二人にしか叶わない音楽があって
密度濃く響いて
しめやかに結ばれている
日常の何もかもが
神聖に感じられている

誰にも侵されることの無い
世界
二人の淡い呼吸が
熱い雪のように触れる
愛に満ちている
世界
真っ白なこころで
身を委ね

真紅のことばで
心託しながら
溶け合い
哀しみも清露に解かす
麗朗な魂となる

桜

星みたい。
宇宙に舞うような。
星にみえるかな。
桜の瞬き。
星にみえたのは。
躍る心だね。

桜の樹の下で

桜の樹の下で
不穏な美しさに酔う

気も散り散りと
声にならないため息、夜に染めて
桜舞い、迸る精気に満たされながら
無心、幽玄に生着する

香りも無く忍ぶ花びらに連れられて
無防備になってしまった心乗れば
捕らえたい何かに興奮し
降り続ける霊気と、魂は絡まり合う
それは止まらない愛の残響と結び

身を忘れながら心は過去に、そして未来に迫る

そうして残された
無音の慟哭は心を開く
それこそ本当の、今を

無限の輪の中
辿り着く果てがあるならば
それは今という時、此処なのかもしれないと
忘れ続けてきた今というものに気付き
それは失われてはいないと、知る

そして胸を、時を熱くする
何かを手放しながら、何かを超えて
命の声と繋がって

愛、愛導くもの
苛烈なる焔と
そして

不意に
だがしかし自然と沿いながら
ぽつり落ちる、安らかなる思い

優雅な小石
哀しみの泉に落ちたその波紋
そのつまびらかなる、ものと

じわり迫る、不幸の綻びにとまどいながら
悦んでその美しき戦慄受け入れて
究極の孤の、覚醒は始まる

あらゆる意味での、崩壊と樹立
魔的な瞬間と、私は一つに呟く
「愛するものに繋がるのは。それは気持ちが良いものなのだね。」

憂愁に哀憐も、此方を静かに眺める
生も死も、祝福しながら
暗黒に、胸に、優しさという間を置いて

不滅の想い

死してなお閉じられぬ瞳は、
もう私を守れないという慚愧を語り
それでも私を想い続ける、純情を残した

心は魂を蝶にみせ
死ぬるは
その羽ばたきを借りて解放される
誕生、還る姿だった

忘れ得ぬ絶叫は、
道行きの鐘の音
止まらない哀しみ読んで、戒める

残酷なまでに美しき命の艶姿
それは素の心明かし、愛渡す
無垢の凄絶だった

たった一つの真実で、私を裸にさせる

桜舞う
深き夜、与えた天鵞絨の闇
映える焔に
その愛おしき瞳望めば
凍った心に花露を注して、溶けた分だけ世界に零す

刻印

夜空従える、桜。
星みたい。
金平糖みたいに。
心に転がる。
少しだけぎこちないリズムで、でもホッとする不完全さで。
丸くならなくてもいいよ、と。
聞き取れない程の密かな囁きで、それでも情念は肌伝い、触れて来る、
ふれてくれる。

桜花びらは、優しく刻印する。
その刻の声、キーを心に重ねて。

心満ちる。悲しみの中にも、喜びが満ちる。
それはもう悲しみとは呼べない。
悲しみと呼ばれても応えられない喜び。

黒髪

凝縮した孤の緊張感を高めた、
その女の黒髪。
過去に戻る事無く、自分に生まれる魔術。
秘中の核を掬い取り。
発動させている印し、と、兆し。
あらゆる謀、その先へと。
彼女は飛び越え、高みにいく。

始まりの完全体に、自ら彫っていく。
そして振り返る、世界。
不思議そうに、眺め微笑む。
「どうして恐ろしいものを見るような顔をしているの?」
綺麗事を貫くなら。
驚いてはいけない。
邪な欲望を、見抜かれても。

貫けない綺麗事は、綺麗ではない。

愛による判断は時として大き過ぎて、みえない。

そして読めない。

残月

私は夢に居た
柔らかく残酷な針と糸で出来た部屋で

全てはほんとで
完璧な嘘

手当てしながら傷付け合うような
浸食

正気に触れた罠
初めて出会った静寂には
猛々しい黒百合が匂い立っていた

私は神に出会う
自らに宿るものに

そして魔に導かれ、知る
「魔は世界の理解者であり。神を背負う、友。」と

それらは繋がる
命という概念を生んだもの達と星々
魂の摩擦が起こした不測の振盪で

みえなくても感じていたあなたの茨、その冠
善良な側のあなたには気の毒な程の魔力
そして華醸す、殺気

危ういと感じながらつい微笑んでしまったのは
そこにあどけなさ伴う、奇妙なる興奮をみたからなのか

いつかこの記憶、深きに沈んでも
あなたの純真を私は愛し続けるでしょう

あなたが逃してしまった夢
あなたの中の静かな海の優しさも

白き蘭は囁く
残月の刻の中
革命臨む熱情に

真の自由、その知覚は
不自由も遊ばせるところ
唯一の羅針盤
己の心を手離してはいけないと

涙が出て。
私は私が哀しいのだと、知った。

花

私を花にして、放っておかないで。
私を優しく包んで、抱き締めて。
もう私は蕾には戻れないのだから。

散る前に優しく包んで頂戴。
傷付かないように。

光を見るような、眩しげな瞳でみないで。
あなたがもっている、その優しさ。
美しさに私は戦慄するの。

私は安心を知らなかったから。
その温かさに、震えてしまう。

紫陽花

今朝の紫陽花。
優しい、優しい白の繊細なお花に、　瑞々しい緑。
穏やかに、平和を祈ります。
優しい気持ちにさせてくれるもの、全てに感謝。
真心を起こしてくれる、美という存在の誠の強さと清さに、私はいつも奮い立つ。

表現が異なるタイプの人の心の機微に気付くと、世界は味わい深く、濃くなる。

光に混ざる術

雨の日は。

心という炎がよくみえる、感じられる。

だから雨ふりが好きなのだって、気が付いてしまった。

私は晴天だと光に心がまけてしまうか、その圧力に目を背けたくなる。
それでいて。
背中では「感じたい。」という本音受け。
驚くほど無防備に、光を浴びてしまう。

正面から光の中に居るには。
愛する人や愛の存在が要る。
そして自分自身の本物が。

そうしたら。
それらの光の中で、自然と踊るように。
優しく、混ざり合えるのだ。

自分の心が頼りという強さ

自分の心が頼りという強さ。
それは柔らかで、向かうべくものに素直なるもの。
此処には神が在り、私しかいない。
冷たい雨の中でも夢みて。
それでいて朝を歌えない。

舐める

声にならないもの実らせ
心、絞る

沈黙の重みで核心滲ませ
言葉に、落とす

明銀なる
青女の理

波があるのはわるいことじゃない。
波乗りが出来るようになれたら、いいね。

海のような心で

うれしい時に、「うれしい。」という。
その言葉見失ってしまう程の、心の沸騰感を感じた時。
私はそこに「ありがとう。」という、響きをも受け取ることが出来た。
目に見えるものや、意志の枠に納まらず。
海のような心をもって瑞々しく震える。
私が守りたいものの眼差しは。
神様に隠されてしまうのでは、と思う程に。
美しい。

赤い小鳥。
ホントは、
ピンクだけど。
「さざめく星粒みたいな雪を振りかけた赤い小鳥」と呼ぶ。

鶴と狐

つる
きつね
光と闇をとろけさせながら
紙に浮かぶ
肌にしのぶ
影絵
影絵とは

愛しきもの
それらを
その横顔を彷彿させる
香しき
幻影

心音

虫の音は優しい
私の居る国の言葉には
心のさざめきの様な音楽
虫の音を知る秘密がある
それは感じられる耳
「あるもの」と思える情感
聴こえなければ、無きものにされてしまう
いたいけというものは翠玉の煌めき
織り成す波紋

星降るサザメキ無くなれば
人の心も一片欠けるのだろう

命の震動
日々を包む優しき共鳴
その懊悩無き空の姿は
涙していたき、緑夢

楚々たる優雅は

美しき天命に

愛しか、私には介入出来ない。

逢い引き

微笑みたちは嘘を浮かべていた
最も美しきものを憎み
尊きシンに恐怖して

私がみたもの
世界は真実を凍らせる場所だった
それは無垢に罪を押しつける

現実に射す煌めきは
痛みと呼ばれる光線
泣声も涙も

その音階は心を、誇りを、掘り出してくれる
魂と合致した存在には神が寄り

深き眠りに
愛をまさぐれば

原型を呼び起こす
艶めく傷口に引き込まれる

忠実な友、怒りが導く頂点には
白き黒、黒き白との対峙

この星を選んだ宙の落とし子

幻惑を潜ませながら
優雅の毒を回す

愚か者を必要とした卑怯者へと

黄昏は優しき静寂を与え
最も美しき純粋、匿い育てる
それは賢き哀しみ、瑠璃の鳥
神住む麗しでいて
何よりも自由になってしまった

幾重もの時と箱の中
精神守る子供たち
鬼ごっこしては
醜いものみつけて
トクベツ美しいもの取り出して
その光を捧げる

指だけ出ている明かりの中に
光りに光りを溺れさせるように

それは拐かしと呼ばれても
命繋ぐ虹の架け橋だった

みえるものとみえないものとの逢い引きは
夢幻、現に孵す

嵐の中に歌う

笑ってしまうほどの恐怖。

勘違いかも知れないけれど
運命と名付けたくなる衝撃。
ブラックホールみたいな恋とぶつかって。
私はしばらく、自分を見失えるフワリ感。
恋の中に閉じこめられて、放たれ叫ぶはヤンチャな刃。
誰も彼も、喜々貫けちゃう。
正義感、放蕩感、厭世観、美に沈め美に奮い立つ。
そいつは陽気な鋭い相棒、笑って降参、心許したくなるような。

普通の女の子、という存在になれた気になってたこのバカンス。
目が覚めたら、夢と現の狭間に居たの。

お花と月と、その光り、音楽だけが私の友で。

美しき獣は。
お帰り、恋人と。
優しい吐息を漏らしつつ、胸のリズムを合わせてくれる。
そう、しっとり甘く、時を溶かすわるいやつ。
無垢な私なら、悪夢のエレガンス。
純粋なる創造の蚕幽妃。
ちょっとした毒との調香なら、白百合の芝居から拝借した。

たぶんこの普通におかしい恋心。
この星にちょこりと坐る、悪戯として。
にやりタンポポ吹くように。
清潔な孤独に守られながら、奔放に愛を育て気味。
好きの分量如きで勝負しない幸せ。
私はただ、飄然と楽しみたい。
暇なときだけ可愛い心配したりして。

心と、魂のオーケストレーション。
愛は図太い。
嵐の中にも歌うのです。

愛し合い。
喜び合い。
不意に落ちるとまどいも、美しく丸め込む。
私はどう生まれようと、どう昇華しようと。
私を生きる正義を貫く。
私こそが、私の主。

今日を愛する

明日よりも今日を愛する。
未来という、虹なる源から来た私が。
此処を受け止める。

愛に見つめられても、逃げるのを止めて。
遥かの先人達、そして私の罪と罰もここに昇華し。
花と虫の囁きに微笑み、命紡ぐ美しさ慈しむように。
母なる今、子を抱き締めるように受け入れる。

「真っ赤な薔薇を棘ごと踏んで。
私はみたの、白き嘘。
薔薇と血が混ざったら真実が暴れたの。

引き裂いて。

この私を取り出して。
明日よりも今日を愛して。
心が魂から逃げるよりも早く。」

花に水を与える行為は、人の心に潤いを与える。
そして安らぎを、もたらす。
愛は循環する。

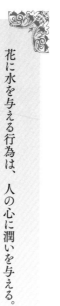

愛し合うためだけに、あなたは。
生きた。

神を継ぐ

生命とは連なる孤の円
巡り行く永久の鎖
永遠の縁に腰掛けて
歌い命響かせるは天命
不完全なる調和の中で
神を継ぐ
それは未熟にみえて完璧な器
壊して継いで完成をみる美のように

ここに爛熟
甘き滴りを得
退廃を健やかに呑み
清麗へと渡る

月華

怜悧な眼差し
熱き瞳
それはいずれも一つのものだった

強き意志の中
荒ぶる心は
静謐な白夜を迎え

痛切なる純潔
真珠母の夢には
雪山を直走る
手負いの獣の姿が見えた

終わりの先分からぬままに
運命刻む、飢えし魂
その震えは艶めきし春宵を呼び
蒼き天衣が如き
幻の月華探すように
妖しく、美しく寂び立っていた

此処に或る。神が感じられたらいい。

闇の果肉

闇を闇で覆い
闇を食む
闇を果肉にして

巡る連鎖
私は種となり
やっと少しだけ眠れる
運命の季節まで

涙も凍ってしまった
救い無き子供
その氷柱《つらら》、胸突き刺したままに

夜はその孤独、魂を受け止めてくれた
そして悪夢は日常よりもずっと優しく
遊び場でもあった

どんなに怖ろしくても精妙なる鍵
神との対話を用意してくれる

花びらや硝子、光り伝うもの愛する心
燃えるようにゆるり溶けていく氷
それらから透かしてみる世界は少しだけ甘くみえたけど
毒だらけだという事を私は知っていた

そうして
心を忘れる
傷付く心を

痛む心も

ほうら
何にも怖くない
淋しくないし
愛も要らない

何処にあるのか分からない
それでもおつむは興奮してきた
その機能は絶望に精彩を与え
本能を無邪気に遊ばせながら
闇生んだものを冷静に目指し
狂いの無い照準で

私を囓ろうとしたものの牙
悪夢からの誘惑に呑ませて

白雪まぶした紫蘭の侠気
闇の果肉を贅床に

世界に神解けし
深淵から美を行進する

虹の涙のような言葉、私は流してみたい。

月の銀色

淡い紫がかった頬
清らかな精神と貪婪な情念が
立ちこめる炎のように咲いている
いつまでも少女のように
どこまでも大人の女のように
あの人は美しい孤独だった
薄氷の微笑に

恍惚なる不穏
尊き哀哭は
月の銀色

蒼紫の幽玄

蒼紫の幽玄に、今も僕は導かれている。
この人に恋をしたら、終わる。
不幸は落下し、僕は天に、いや地上に楽園をみた。
その恍惚は恐怖すら含んだ、喜び。
僕が僕を、守る気持ちでかけた鍵。
それは僕の心に、死を味合わせた時間の塊。
それなのに、さらりと。
あなたは壊してしまった。

美しき威厳。
静かに、しかしおびただしく溢れる虹の美しさで。
囚われのフリの。

僕に最高の死をくれた。

その時点というものは恐らく。
貴方の死の瞬間の、一つでもあったのだろう。
僕はその道に紛れ込んだ、小さな鬼。

その運命の。
その美しき炎に、僕は吸い込まれてしまった。
僕の炎は僕の炎だけでは無くなって。

貴方の清きによって。
そしてその広い空を埋め尽くす愛の灯しによって。
闇を気持ちよく、解放してしまった。

最強の僕は傷だらけの僕。
それでも無傷にみせた僕だった。
そして、貴方に純粋に向き合う為だけに。
自分に帰ると決断した僕。

孤独の星の美しさに本能から戦慄しながら。
一気に宇宙と繋がっている自分をみせつけてくれた事。
その至福は今も僕を苦しめたものから自由にしてくれている。

生きる意味は自分にしか要らない。

だけれどもしもあなたがいなくなったら。
僕はきっと世界を捨ててしまう。

「ただ淋しくて。」

そんな理由が世界を美しくみせてくれる肝心というものなのだと思う。

「ただ会いたくて。」

それだけで幸せじゃないか。

そう思うまでの孤独も僕は持っている。
そしてほんとは何時でも何かに幸せなのだと分かっている。
もう考えなくてもいいよね。

「ただ好きなだけで幸せなんだ。」

生まれてきた喜びよりも、生まれてきた哀しみが、僕に貴方をみつけさせたのだから。

僕は哀しみという心の趣を信頼している。
それは痛切に、生きていることを指している。
哀しみの知らせるものの、大切。
その主は愛でしか無いということも。

もっと早く出会いたかったという渇望にも幸せがあり。
その乾きに連れられれば、絶えぬ愛の海しか無い。
僕の止まぬ慈雨であり、一輪の花。

蒼紫の幽玄。

友達

幸せだな、と思うと。
また幸せに。
幸せは幸せを呼ぶ。
損も得も無く。
純潔に喜びなるもの。
ありがとうと思ったことに、大小無く。
幸せ全てを受け入れる。
それは本当の、

無邪気な友達のように。

時に迫らせることにした
私を
私を押し出す為に
血を一雫
濃く垂らすために

尖る星

その時流れていた音の目、据わっていた時の根には

淡麗な静けさ
そして薄氷の妖気
白き罠が隠されていた

私達は見つめ合い、落ちていった
世界の果ての予兆に

声は甘い、媚薬
無花果の実の重みとその内部に宿る花の様に

しっとりと、空間をとろかし
そしてまたみえない枠を作った

鈍いが確かな圧力で
二人という孤を、声を通して際立たせて
美しき孤絶は優を昇りつめる
私は清き水を流すように血を感じ、恍惚に浸る
君は私の瞳を開く
純然たる優しさと不思議なまでに寄り添う魔だった
さも大切そうに、その薬を掛けて
狂おしい春に捧げられた、落下する運命
それは地上に艶治に尖る星

それでも

溶け合う
わたしたち
もう立ち上がれないあなた
色んな涙
零し尽くす私なりに
麗朗な海となる
無言にも甘く密なる目線は
美しき悪戯織り成すように
死を絆に誘惑し
不思議な穏やかさと心絡まる

私は神を信じている
そして繋がっている
それでもあえて言う

「神様なんていない。」
「天国も地獄も要らない。」

名も在りかも
それは誰かが考えたこと
私は自分が感じた事を信じる

私達にあるのはこの愛だけ
愛する為に生まれてきた喜び受け
私達は消える
超える

終わりは始まり
命の瞬き最も苛烈で美しい刻
生も死も一つに

その一瞬に乗って

夏が終わったと感じた瞬間

夏が終わったと感じた瞬間。
夕暮れの優しい色合いをもっと深くした夜。
いつもとは少し離れた場所で夜を感じたら、なぜかこう思った。
夜は香りが鮮やかさ増す瞬間の塊。
暗闇の静寂とは、しとやかな花のうなだれ。
芯の香りが漂い浮かれるところ。
夏が過ぎて。
とっくに過ぎてはいたけれど。
こう感じた瞬間に、夏が終わり秋に居るのだと確かに、確かに実感した。
そして夜という時間に、しっとりと押し倒されて。

もう近頃はひんやりしてきた寝床に、　すうっと、　吸い込まれていきそうな。
きめ細やかな肌。
心地良く。
ぞっとするような、　陶酔のような。
狂おしき居どころをみつける。

いつまでも痛い思い出には、血肉がある。

失えずにいる哀しみの中には、愛が潜んでいる。

自分の心しか要らなくても

自分の心しか要らなくても。
何故か人をみつめて。
見つめ返されれば、赤く丸まった爪先は逃げた。
それも、今や。
白雲木に渡し。
真の自由は私の神体と識る。

夜は陽を受け入れ、朝は月を見送る。
気付けば光りも闇も、淡く滲ませ繋げていた。
修羅も蝶のくすぐり。
孤独は肥えて、その重みから落果し。
不可知なる進度で、愛を優しく育んでしまった。
夜しか歌えなくても。

ほのか優しき光り
そっと寄り添う闇は命慈しみ
寂寥《せきりょう》の調べは真我を辿り
雨濡れる蕾を、清艶へと導いた

月光浴

月光浴
あまりにも心地よく
月光酔い
ここは月の温室なのかと
人であることも忘れ
花になる
それは蘭のように
優雅と貪婪と

何の矛盾も無い美として生き
知性を持ち
知に負けない
自由な魂のように

巡り会う刻

予感
冬の足音
静か仄かに
熱味を帯びて行く
不敵なる天真爛漫
この自由、それは脆きか逞しきか
人は恐れる、純真を前に邪《よこしま》に
こころ
それは鍵でいて久遠の謎
私たちを包むものであり、芯

冬
冷気感じながら

誤魔化しの効かない
純真に導く白い冬を迎える
無邪気にその冷気浴びながら
心中底知れぬ静かな熱狂で
怖いもの知らずに
……厳しい緊張の中
歩ませるもの
浅い息で、だが強かに
心をそう歩ませるもの
無垢の産毛にも感じている

それは春
春という眩暈

無自覚に
無情にも
望みをみせる
全ての季節に架かる幻
虹のように

夏
それは春の首飾り
終わらぬ夏という魔術は
過ぎし熱狂を体に残し
乾いた肌に、香しきを引き立たすべく
夕立を振るわす
傘も差さずに走り出す、荒ぶる恋への祈りのように

そして秋
刻の待ち合わせ場所みたく
優しく和ませるお茶飲み処みたく
人の輪郭も甘くみせて、意味の無い笑顔にも情を与える
唯々佇める席、ひと息の温もりがあるだけで幸せ
それでいて握力は強まるけれど

在りし日の愚か、落下した哀しみは
これから胸高鳴ることとの待ち合わせに、供える
それは残酷にも美しい映えで胸を射す
そしてこんなにも甘美な絵は無く
やはり起きることの全てには意味があると、知る

恋人しか知らない銀の時計塔
針の下にあった私の孤独は
貴方の素朴な優しさ、
純粋さに救われていたということ
その眼差しに合わせて
少しだけ弱くなれていたことを
ただの女として嬉しかったのだと告げるのは
無言の私の、この足音だけ

これらは巡りあうもの
連なりあうもの
見つめあったり
揺らぎあったりしながら

過ぎたものも刻ませる
愛しき景色へと筆重ねるか
或いは寂寥の冷刃《れいじん》で、切り刻み放たせるか
いずれも花のこころに殉じれば
すんなり貴方のものとなる

愛に嘘をつけない人たちへ。
愛に嘘をつきに行けない、人たちへ。

『ミラ人、愛に生きる』

静謐さと激しさに溢れる愛の物語。
捨てる、ということ。
それは一つの復讐。
清々しいまでに酷い。
酷く美しい。
誰にも分かりやしないが、
誰にも分かってもらう必要なんてない。
全て自分の責任。

その清潔な孤独。
相対する人、愛があったとしても。
まるで初めて愛を見つけたように、突き走る彼女は仔鹿のようなあどけなさ。
その彼女を見送る娘の奥深い眼差し。
母では無く、人を、愛を追い、愛に追いかけられる人を、受け入れている。
失うものの重さと供に、喜びの甘美さを、その一端を共有するかのような表情。
涙が光にみえた。
おそらくは救いの光。

言葉には一つも形容出来ない、そのもの。
愛は理屈では無い。
証明に縛られるものでも無く、生きるもの。
愛は愛を与える。
一つも無い。
愛をがんじがらめにするものなど。
本当は。
心から。

縛られていたいものが縛られる。
そして時として、人は縛られていない者に嫉妬する。
縛られている貴方、という者をねつ造しようとする。
しかしながら、あらゆるものに包まれた不純は。
「貴方は真に自由だ。」と、メッセージを送っているという皮肉。
その真実に気づき、受け入れれば。
是れ祝福と、呼ぶに至る。
多次元に因果は起こり、それは輪廻に乗る。

機会は与えられる。
内外を震わす悦び、学びも。
心の導き合い、すれ違い。
何をみるのか、見出すのか。
魂はみつめている。
私達の全てを。

あなたの純真を、抱き締めたかった。

まじめ傘

私の為にと持って来た。
無骨で堅い、まじめ傘。

二人分の気持ち。
とっても美しいのだけれど、美しいとは言わせぬ心意気と佇まい。
彼ら、ひと艶の景色。
あなたは私を想って一晩。

この傘を開くイメージ、
私をこの傘の中で独り占めする夢をもって、
今日ここに現れたのだろうか。

私は降らなかった雨を憎む。
否、晴れ渡った空の意地悪をうらむ。
彼の心をみえない通り雨のように、見過ごしてしまったかもしれないのだし。
二人だけの甘いトンネル、通ってみたかった、ほろ酔いしてみたかった。
青のかき氷みたいだった、日曜日。

紡ぎ合うもの

穏やかに愛が、優しく紡がれて行っている。
夜にも心にも、陽だまりの香りが侵入している幸せ。
そして。
昼の間に月夜の興奮が紛れ込んで来るのなら、瞬烈にも幸せ。
愛おしき糸を感じる。
そうしてその頃私はとっくに。
あの人の心に忍び込んで、寛いでいるのだろうか。

雨

雨音

心慰める音楽
それは
神触れる贈り物

その時間には
哀しみに浸るに相応しい
寝どこがあり

柔らかき光り落ち
人肌恋うような
静かな不穏を醸す

幼さと成熟の混じる輪郭なぞり

ひやりとした頬に触れながら
ただ漠と

何に哀しいのか
考えてみる

それは見当たらないはずのモノなのだけれど
心当たりなら、ある

幻のようでも
確かなのは

雨音に潜むもの
このしっとりと膨らむ胸に
もう一つの音色が生きているということ

それは夏の終わりの鈴虫のように

心の中を走り続ける回転木馬。
眠らせたままに、
感じて。

御所月夜

初秋、ある月夜のこと。

夏の名残り香る
薄闇の中に
官能の灯りをみた

それは何かの痕のような
砂に沈む潤み

柔らかき肌
ゆるり歪めた紅の唇
記憶を封じ込めた白粉の匂い

何も見えないから

深く魅入られる
何かを見ようとしないから
嘘を愛しめる
あの月庭では
ひとり歌う者が語り部
あの月
あの今にも闇に隠れそうな姿
それは
恐れを知る淑女の姿でもあり

後ろ姿を永遠に残す
運命の女でもある

時の隙間

羽衣の衣擦れは
涙声か嗤い声か

月に魅入られた夜は
いつもこのような幻を見る

現に孵る
過去の出来事のように

繰り返し
揺り返し
同じようで同じでない
秘密の暗唱のように

深紅

深紅の深淵
夜に向かう心の傾き
闇は根源的な生命を内包して
神秘をかたる

闇に挑むように開く花
光を受け入れて輝く花

それは偽りの無い情熱
汚れ無き、魂
その、宇宙

世界を鮮烈にさせ、幽暗《くらき》も抱ける
花の姿は美しく、逞しい

そよ風は囁く

紅に蒼が寄る、夕に漂う紫色は優しいよ

窓辺のクレマチス

その視線はどこもみていないような抱擁感

ひいんやり、静かに

しっとりと揺れて

深刻ぶらずに微笑むの

紫指

貴方は気付いていただろうか。
私が後ろ手に扉を閉じていった事を。
私たちが前に進まないように。
愛する貴方を置いていったという事を。
私の愛だけが前に進み。
私は宙に浮いている。

私は知っていた。
それは始めから黒き雲、透いた物語。
まろやかなる恍惚は虚栄の華燭。
香しきものなど何も残さずに、細やかな愛の蕾は沙羅と散って行く。

明銀なる閃き。
それは優しく囁き続けていた私の夜守りだった。
真実は黄金なる航行を照らし。
雨宿りたらんとした邪林も、越え。

今まさに。
懐かしき友、幽遠たる木陰の微笑みと目を合わせている。
奪う事無く満ちる心こそ、神の裸身。
過去破られて、暁。

真の望みが私を開く。

すべては本音のままに行く。
運命は日々、生まれる。

運命を動かす力は自分がもっている。
素直になれ。

発露

「私」を手放してはいけない。
愛よ。
その生きた鎖。
振り回して命を刺激せよ。
そして巡り会い。
繋ぎ、解き。
許しという寛ぎ伝え。
束縛なき神のいと。
慈しみの心、素直に。
香しき発露せよ。

自分という炎。

炎の決断を、する。

永遠の夜の中で

夜
深蒼の中
爛々と燃ゆる月
燦然と空を焼く光り

心の内から這う
虫
忍びやかで隠微な気配

それらを派生するのは願望

見たかったものを見
得たかったものに近づき
それらに支配されていく

支配されながら、逆転していく
しなやかに
鮮やかに

生と死の境
穏やかな一睡も知らず
鋭く甘美な緊張の中で
それらはうねる

すべての指し手の背後に神がいる
そしてその神の内裏には
己がいる

この魂の薔薇に

虹の中、そこは私のまどろみ。
人の邪心も及ばぬ聖域。
その柔らかな強かなる帯は、雨土《あまつち》との迷宮《ラビリンス》。
この魂の薔薇、無邪気悦ぶ。
愛しきを、包む。
優しき褥。
儚くも逞しき。

体は心も魂も預かりし神殿、生命たるものの集合。
唯一無二の館、美しきを誰が責めるか。
健やかなるその調和、時に刻まれるも流麗にせんとする、
その嗜みを尊ぶは罪か。
私は問いたい。
内部と外部をふしだらに分け、価値付けするものに。
私たちは一つであり、宇宙。

それぞれに意志を持ち、無にもなる。
愛そのものという真実に。
光りも影も、要らない。

真実の友

真の知性は愛を尊ぶ。
それは損得でしか考えられない者にこそ残酷な真実。
ぎらぎらと同類捜ししなくても、本物は強い。
直感は誰が、何が味方なのかを知っている。
媚びずにも支え合える友を知る。
それは恋人達の、最も美しき原型。

喜んで一番大切なものを選ぶ。
過去に「終わらせる」。
自由を与える。

まほろば

えもいわれぬ、紅潮。
産毛に刺さるような、光輝。
梅樹の群は精霊の宿となり。
地に幽美もたらし神結ぶ。
宙は広き背中の威厳と、慧眼で。
愛に至るまでの全てを、祝福していた。

雷花

私はあなたを選んだ。
私が私を受け入れるように。
そしてあなたは私を選ぶ。
解き放たれた雷火。
私こそを。

それは愛あるものの喜びでもあると知る。

わるいやつらを愛したら

私達のお友達
孤独は神様を呼んでいる

いつもそう
だからわたし
神様からギフト、たくさんもらってる
私の役なら私が決めるし
望めばなんでも、粋に手配

可愛らしい賢しさでは扱えない、考えてる時限爆弾も

最高のタイミングは神様に預けて僕らは遊ぶ
素敵で危険なスパイス入り
清楚なパッケージの劇薬ならわりと美味しいに決まってる

人にはありがたくも恐怖されるし
時にはうっかりぶん殴られたりして
綺麗に盛り上がる冷静と、その怒りのセッションに
神をも振り向く艶やかなるは、のってくる

いつだって好戦的
「わるいやつら」は素直さも武器な完全主義
テキトウにみえても精緻な罠に自分だって活ける
負けも上等、好きに踊れる、華麗にキレてるお馬鹿さん

一番欲しいものしか欲しくないんだ
逆襲か復讐かはわかんないけど
邪魔、みんな壊していいよね

月の光りも食べたりしてみて、狂喜しながら血を踊る

二度と消せないうた声は、声なき言葉と結ばれて
純真過ぎの爽快ぶん殴り感
本物にイイやつには案外喜ばれる、破壊感
あっさり受け入れられちゃうと、小首傾げてにっこり感
愛される僕らはわるいことがいっぱい出来るね

愛されたままに終わる関係は
わるいやつらに相応しい始末

わるいやつらを愛したら
幸いにも特別、快感なトラウマ
最期はその喜び
星弾ける衝撃みたく
それは美しい花火になるのだって

綺麗にもの壊すときが
一番綺麗な音で
そこに落ちる叫び声もまた
美のカケラだよね
「喜んでそれにみとれ震える心ならば、凄く好きなアレだ。」
わるいやつらが退屈で死んじゃわないように、僕を尖らせて欲しいんだ
どんなときでも、最高に

僕と君との終わらない熱狂を震い切らせてよ

本当の心って、強い。

思い

何もかも思い通り
思いが道をつくる
心が全てを導く
真の情熱こそが魂の使命
我こそが唯一の
主だと気付かせる光り
純なる炎、生という愛
曇り無き思いは、「情熱」という言の葉さえ燃やす

熱きエデン

心の鳴き声
始まりの雫は

魂の磁場及ぶ、言葉
崩壊と樹立の標
術で有り、思念

ヒトは嘘を覚え、そこに泣き声をふるわせた
内にも外にも真実も巻き込んで
時に優しさという繭として、存在しながら

柔らかな殺気、笑顔にも落とし
素直語るところの本懐
愛の眼差し、刃と競わせ

降り立つ業火
ヒト与え合う地獄の、麗しき寛解
それは囚われの羊と誇り高き狼のゲームに生まれた
無情にも圧倒的な美
熱きエデン
憎しみの的であり
羨望

私の最愛へ。

私に愛を教えてくれた人。
私の全てを取り戻すきっかけをくれた人。
あの人に愛を届けたい。
愛そのものを届けたい。
ただ純粋にありがとうと。
願わくば。
あなたの美しさをあなたがみるように、伝わるといい。

糸

文字とは
天と地を繋ぐ糸
文字はほどける
糸となり

天と地を
神と人とを紡ぐ糸となる

雨もまた
天と地とを繋ぐ糸

慈愛のしずく
涙のように

荒ぶる魂も
清め鎮めながら
生を
鼓舞する光り
そしてその天
仰ぐ者
その視線もまた
糸であり
光り

「空の下で」

生きていくということは
死も受け入れて、生かすということかも知れない
愛、そして笑顔を思い出して
死んでいくということは
生きているものを、ある面では死なせていることなのかも知れない
大事なものが詰まった鞄、忘れるように

言葉は意味を自分のものにすると一人歩きし始める
だから言葉は時として、何時の間にか共有できぬ術にもなるが
それでいて、自由
檻ともなる、空

どんな鳥を羽ばたかせようか

正確な言葉が正解だとは限らない
涙する心

愛の教える慎みは、心の優しきをひたむきに生かし、鼓舞する
静かにも逞しく
それは規則の範疇や虚飾では無く、真実の成せるところ
全てのものに備わる生命力、そして零れる弱さに、それは密かに呼応して

夏帽子の下に

可憐な少女の顔がみえた

その少女は微笑んでいた
それは優しき
桃色の頬の、夢幻

［著者］**花虹**（はなにじ）

東京都生まれ。玉川大学文学部芸術学科卒業。美学・芸術分野での研究を重ねながら、美と生命との繋がりに思索を深める。

星喰う小鳥は赤い爪先

2021年12月21日　第1刷発行

著者：花虹

発行人：村田 剛
編集人：田村尚志
編集担当：佐藤香澄
装幀・DTP：大野信長
写真提供：PIXTA

発行所：株式会社学研プラス
〒141-8415 東京都品川区西五反田2-11-8

印刷所：中央精版印刷株式会社

【この本に関する各種お問い合わせ先】
本の内容については、下記サイトのお問い合わせフォームよりお願いします。
https://gakken-plus.co.jp/contact/
●在庫については　Tel 03-6431-1201(販売部)
●不良品(落丁、乱丁)については　Tel 0570-000577
　学研業務センター　〒354-0045 埼玉県入間郡三芳町上富279-1
●上記以外のお問い合わせは　Tel 0570-056-710（学研グループ総合案内）